DIE KLEINEN WILDEN
3

小野人和长毛象

长毛象法庭大审判

[德] 亚奇 · 聂比奇 著 / 绘　庄亦男 译
JACKIE NIEBISCH

上海译文出版社

图字：09-2019-764 号

图书在版编目（CIP）数据

小野人和长毛象．长毛象法庭大审判 /（德）亚奇·聂比奇（Jackie Niebisch）著、绘；庄亦男译．-- 上海：上海译文出版社，2020.7
ISBN 978-7-5327-8484-4

Ⅰ．①小… Ⅱ．①亚… ②庄… Ⅲ．①儿童故事一图画故事一德国一现代 Ⅳ．①I516.85

中国版本图书馆 CIP 数据核字（2020）第 088338 号

把这本书献给狂野的大野人 J.P.，

还有来自上海的冯樱。

目录

最高长毛象法庭

提问：什么是最高长毛象法庭？

“谁都知道嘛，”个子最小的那个小野人又开始大放厥词，“这就是菜单上排在第一位的菜[①]。因为它最好吃嘛，煎得透透的，再浇上酱汁。我们现在就去弄一道这样的菜吧。出发！”

他抓起长矛，嘴里发出“嗷！嗷！”的声音。不过其他小野人今天并没有多少打猎的热情。一夜之间，他们变得谨小慎微了。

“我想，我应该不去了……”

“我也不去了……”

他们宁愿去收集点莓子，或者摘些小花。

“欸？你们怎么了？你们难道不想成为长毛象猎人了吗？”

好吧，其实他们确实想成为长毛象猎人，但是

---

① 德语中 das Gericht 同时有“法庭”和“菜肴”的意思，长毛象法庭也可以被理解成长毛象做成的菜。

得等过一阵子再说了。

“现在不是要我们吃素嘛。”

“还答应遇到长毛象的时候要做乖孩子！”

小个子完全搞不懂这个世界怎么了。

“你们怎么会变成这样了？”

“因为我们害怕。”

“害怕？”

“是啊，害怕最高长毛象法庭啊。我们已经听说了，这可不是什么好吃的，而是一个真正的法庭。他们会狠狠惩罚那些在捕猎时被抓现行的人。”

“瞎胡扯！”小个子不以为然，“我最喜欢长毛象肉做的菜了。所有真正的猎人都喜欢长毛象料理！如果你们不愿意去，那我就自己去把所有东西都吃了。”

“一个人？吃一整只长毛象？”

“当然！吃一整个夏天。每天都是多汁的肉排、香脆的煎肋排浇蘑菇酱、面裹小排骨火锅……”

这几个菜名听得其他小野人口水直流，早把刚才的担心都抛到九霄云外去了。大家立刻就被小个子说服了。

于是，他们取来了长矛、煎锅、胡椒，还有盐，唱着歌就上路了。

夏日微风里什么东西那么香？

嘿啊嘿啊呼。

这是一块长毛象丰，我的孩子。

嘿啊嘿啊呼。

大草原上什么东西嗞嗞作响？

嘿啊嘿啊呼。

那是平底锅里的长毛象。

嘿啊嘿啊呼……

但还没等他们走进荒原，歌也才唱了一半，一大朵乌云突然呼啸而来，像惊雷一般在他们面前炸裂。

三只强大有力的长毛象从乌云中显现，头上顶着黑色的法官假发，威严地坐在一张大石桌前。他们用打雷般的声音说：

“就是你们！我们已经等你们多时了！”

“等我们？”小野人们吓坏了，哆哆嗦嗦地问，“为什么？”

“为了终于可以让你们受到惩罚。”

“可我们什么都没干呀。”小野人们面面相觑，摸不着头脑。

“我反正什么都没干过。你呢？”

“没啊，我也没有……”

他们中似乎没有人干过什么坏事。

“不论你们承认不承认！”

最高长毛象法庭愤怒地咆哮。

“你们竟然要捕猎好脾气的大荒原居民长毛象！年复一年，日复一日，还偷偷摸摸地布置陷阱！”

“那只是些很小很小的小坑……”

“你们用绷带扎住他的鼻子，不让他透气。你们在冬天里把他骗到脆弱的冰层上去，等着他压破冰层，掉进水里。”

“可他就是那么胖，我们有什么办法？”

“你们不还一直想把他煎了吗？！你们难道没有每天夜里都梦见煎象排？没唱过关于煎象排的歌曲吗？坦白吧，你们这些可恶的食肉小野兽！”

“是啊，啊，不是！”小野人们辩解道，“准确来说，我们并不完全是食肉动物。我们也吃很多莓子，还有麦片粥，还有蔬菜……”

“你们这是被我们抓了现行！否则你们干吗要带着长矛，还有这些厨具？”

“长矛？噢，是啊……我们就想用它来做鸡油菌串串，”个子最小的那个小野人说，“串起来烤得香香的。”

其他小野人把头点得像捣蒜一般表示赞同。

“没错，我们喜欢菌类。您也一定要试一次，尊敬的法官大人们。”

“好啊，以神圣的冻原的名义！”

最高长毛象法庭渐渐克制不住他们的怒火了。

“如果你们到头来也不肯承认你们的勾当，你们就会受到双倍的惩罚！”

小野人们听了这话，把脑袋都凑到了一起，开始商量对策。

“把所有事情都坦白出来，或许会更好。”

“绝对不行！”小个子说，“我爷爷的爷爷说过，在长毛象面前绝对不能说真话。你只能承认他们已经知道的事情。”

“你们是不是想看证据？”最高长毛象法庭打断了他们的讨论，“没问题。我们随时都可以找来那个举足轻重的、正直无私的证人——长毛象！”

“那个长毛象？”

“完全正确。正是当事人长毛象本人。”

小个子立刻表示抗议：“长毛象是不可信的。他太健忘了。这是我们每个人都知道的事实。”

其他人也都附和道：“他是冻原时代最

最健忘的四脚兽。”

最高长毛象法庭可不这样想：“长毛象是最值得信赖的。比起你们，我们宁愿相信他说的每一个字。”

“他说的任何话？”

“没错。”

“那我们呢？”小野人们问。

“你们就要可疑得多。所以我们建议你们，尽快坦白你们干过的每一件坏事！”

小野人们此刻非常需要一个宝贵的建议。

“我建议，”小个子对着伙伴们耳语，“我们还是赶快溜掉的好。”

各就各位，预备——跑！小野人们丢下所有的东西，一溜烟从大石桌下面钻了过去，穿过长毛象法官们的好多条腿，跨过树墩和石块，飞一般跑过整个荒原，上气不接下气地一路跑回家里。

洞穴门口，大人们早已在月光下等候多时了。

“你们能向我们透露一下吗，这么长时间你

们躲到哪里去了？我们担心得要命，完全没办法合眼！”

“三只巨大无比的长毛象，戴着黑黑的假发，要控告我们！”个子最小的那个小野人气喘吁吁地说，“我们好不容易才逃出来的，是吧？”

“没错！”其他小野人也都喘着粗气回答，“就是这样。”

“哟嗬，一下子来了三只长毛象！”大人们皱起了鼻子，“越来越多了嘛。那最好你们也连着在洞穴门口睡三个晚上吧。”

小野人们抱来了他们的毛皮盖毯，舒舒服服地钻了进去。他们把头也埋进盖毯里，这样就没人能看到他们了，然后一个接着一个沉入梦乡。

“晚安……”

“睡个好觉……”

“今天吓着了，好好休息一下吧……”

“你也是……”

“呼呼……”

最无害的人

第二天，小野人们哪儿都不想去，就想平平安安地待在洞穴里。可大人们却吩咐他们：“你们都快出去！”

说着，他们把小篮子塞进每个人的手里，打发他们去户外摘莓子了。小野人们只得小心翼翼地沿着他们的秘密小道穿过整个山谷。

可还没等他们走到荒原上，“轰”的一下子，最高长毛象法庭又从电闪雷鸣的虚空中现身。

还是那三只高大威猛的长毛象，戴着黑色的大法官假发，连同大石桌，一起拦住了他们的去路。

“你们是不是以为，能够从我们的鼻子下面逃脱？”法官们咆哮道，“我们无处不在。没有人能从我们面前逃走，你们记清楚了！”

小野人们顿时遭受到了整个荒原那般大的打击，连连哀嚎：

“亲爱的法庭，请不要惩罚我们！我们其实没有想要逃走……”

“而是？”

“我们其实正要来找你们，把每个人干的每件事情都坦白清楚，然后深深忏悔！”

“真诚坦白地？”

“当然，诚心诚意地。而且为了弥补我们的

过错，我们还想去为长毛象收集新鲜的青草。看这儿……”作为证据，他们高高举起了他们手里的小篮子。

嗯……最高长毛象法庭看来有些相信这些小淘气鬼的话了。

“那么你们准备什么时候向他道歉？已经迟到多时的道歉！”

“噢，这个我们立刻就补上。”小野人们向法官们保证。为了表示他们友善的决定，他们说完就出发了。

但个子最小的那个小野人却无动于衷。

他一言不发地站在那儿，看起来一点儿也不像要忏悔，也完全没打算去采集青草。

“为什么要去呢？我根本没做什么坏事啊！”

“没做过坏事？”最高长毛象法庭简直不相信自己的耳朵。

“那么那根长矛是怎么回事？你们用它扎了长毛象的屁股——就是你带的头”

“啊，那个……”

“然后你们还为此发出了可恶的欢呼声！”

“可那真的算是一次完美的命中啊！”小个子不无骄傲地承认了，“命中长毛象的大屁股正中央。是我为他们找了个那么好的靶子。”

“你也承认你把长毛象弄疼了吗？”

“没有吧。”他不承认了。

“你难道不知道，这会给他带来痛苦吗？”

“能有多疼呢？！”小个子高声反驳，“对长毛象来说那就和蚊子叮一下一样吧！”

“你是怎么知道得这么清楚的，被告？难道你自己也在没有防备的情况下被人用武器刺过屁股了？”

“当然啦！”小个子大声回答，“不止一次了，长毛象才一次，我被扎过好多次了。”

为了让最高长毛象法庭看个究竟，小个子掀起了他的猎人袍子，把屁股撅得高高，然后指着自己左边的屁股蛋说：

“这里……您仔细看，满是……蚊子叮过的痕迹。”

好啊，神圣的冻原！

这会儿最高长毛象法庭最后的耐心也被彻底耗尽了——轰！石桌被法官捶出一阵巨响，小石子四下飞散。谁能忍受得了这么一个不开窍的顽固脑袋瓜子！哪个听不进劝诫，就得好好吃点苦头。

“如果你不立刻向长毛象道歉，并且像其他小野人一样努力弥补你对他做的一切，我们就让你好好吃点儿苦头！”

“什么样的苦头？”

“那么我们就让你下辈子转世为一只长毛象！”

“哈哈哈哈！我，一只长毛象？！整个荒原上的毛腿沙鸡都要笑死了。”

“听好了！为了让你切身体会一下什么叫做‘给他人造成痛苦’，你得亲身体验一下成为别人猎物的滋味。休庭！退下吧！”

话音刚落，他就被最高长毛象法庭一下子送到了家门口。

大人们已经站在洞穴门口了。

“你这是从哪里冒出来的？”大人们生气地说，“这么晚，还一个人！”

“而且一个莓子也没摘到！”

他们说完便指了指洞穴门口的大铺盖，其他小野人已经舒舒服服地躺好了。

小个子也钻了进去。其他人好奇地问他：“快说说看，你后来怎么了？”

“哈哈，”小个子笑道，“我可没有屈服。我向法庭展示了什么是一个真正的长毛象猎人。”

“哇哦……好酷啊……”

“那你明天还要和我们一块儿去给长毛象收集青草吗？”

“噢，才不呢。”小个子打了个哈欠，他确实也累了，“真正的猎人从不去收集什么绿色植物。真正的猎人猎取肉排……或者是美味的炸猪排，外面炸得脆脆的……里面……哇——”

他说着说着，转眼就睡得又香又沉了。其他小野人也跟着他打起呼噜。

“好好打个呼……”

“你也是……”

“呼呼……”

“呼呼……呼呼……”

带助跑的梦

大半夜里，个子最小的那个小野人突然醒了过来。老天爷啊！他的鼻子怎么了？摸起来仿佛被人在睡梦中拉长了，几乎就拖到了肚脐眼下面，上面还长满了乱蓬蓬的毛发。

“噢，天呐，我变成了长毛象！”恐惧再次奔流过他的全身，“我已经长出了一个长鼻子！”

他第一反应是钻进被窝里躲起来。等他确定自己的异样没有被人发现，就偷偷地跑到了洞穴门口的小池塘边，想把自己现在的样子照个究竟。

他刚把身子凑近水面，身后就传来了打雷般的声音——

“把裤子脱了！把屁股露出来！”

“要我干什么……？”

他小心翼翼地转过身子，瞥见了身后的长毛象。

可他一点儿都不像平时那样好声气，而是一副凶神恶煞的样子，手里还握着一根长矛，十足一个野蛮的猎人！

“听清楚了！”长毛象命令道，还晃了晃手里的长矛，“面向洞穴，把屁股转过来！”

小个子吓得跳了起来。

“求你不要！”他恳求道，并且试着用各种讨好作为弥补，“我给你带些绿绿的荒原嫩草怎么样？或者一些冻原蘑菇？”

“已经太晚了。”

“永远也不晚。”小个子坚持。

“不管什么晚不晚！总之现在长矛调转方向了！朝你这儿来了！把屁股对着月光！”

“为什么对着月光？”小个子哆哆嗦嗦地问。他的嗓音通过了一条长长的鼻子，鼻音浓重得自己都快认不出来了。

“因为这样我可以瞄得更准些！”

“瞄准什么？难道是我的……”

“完全正确！你提供了一个完美的靶子。保持住，别动，不然我就对不准了！”

“这肯定会疼啊，如果你用长矛来刺我的话。”小个子提醒长毛象再考虑一下。

“啊呀，一点儿都不疼！”长毛象的声音轰隆隆的像打雷，“不就和蚊子叮一样嘛——这可是你说的！”说着长毛象便朝后退了一大步。

“现在他还开始助跑了，”小个子心想，“那就会更疼了……”

长毛象又朝后退了三大步。

“哎呀！他要助跑好长一段距离！”

长毛象还在一直向后退去。

“现在他还要额外加一段助跑，那就会更疼了。”

长毛象一直一直向后退。

“现在他要来一个超级大助跑了……还要跑多远？他停不下来了——史上最长的助跑！”

那长毛象还在退，还在退，一直退到太阳也下山了，最后消失在了地平线上。

突然，小个子醒了过来。

他顿时感到一阵轻松，继而庆幸不已。还好，这一切只是一个梦。

他仔细地在自己身上到处按来按去，看看有没有被尖锐武器刺过的痕迹。什么都没有，也没有哪里感到疼。一切都恢复正常了，太好了。

尤其是他的鼻子。

不再是长毛象的鼻子了，又恢复成了再正常不过的小野人鼻子了。

勿忘我

第二天，小个子突然对长毛象非常和善友好。各种善意的举动简直让长毛象应接不暇。当然，一切都是在暗地里进行的。因为作为一个真正的猎人，他绝对不希望被别人看到，他竟然会给长毛象送去可口的早餐。

“早上好，长毛象！”他大声说，“这儿有两份新割的苔藓，还有一些其它绿色蔬菜。能请你记住吗，这是我给你带来的？”

到了中午，他又去找长毛象了。

“给你一份美味的蘑菇甜点！还有三束金凤花，五份酸模草。”

“哇……”

“请你也记好，是我送的。以后有用！”

“要记那么多？”长毛象有些惊讶，“有什么用呢？”

“万一最高长毛象法庭问你的话……”

“好的，我记住了。”

接着，小个子又抱来一捆鲜嫩多汁的胡萝卜作为甜点，还亲昵地揉了揉长毛象蓬乱的毛发。

“把这个也好好记住哦！”

“好的，已经好好记住了。”

但是长毛象的记忆力看起来着实不太灵光。每次小个子给他做个测试，看看他有没有记清楚，都发觉他记得丢三落四。

他只记得吃过了什么好吃的，但是吃的到底是什么或者是谁送来的等等，他就再也想不起来了。就是揪断自己的头发也想不起来！

于是小个子想出了一个办法。

晚饭的时候，他只带来了一束小蓝花。

“咦？这是什么？”长毛象边问边好奇地凑上去嗅起来，“嗯……

味道倒是挺好闻。”

“这是专门给你找的，有助记忆。”

“有助什么？”

“就是记忆力。从这个花的名字来看，它应该能帮助你记住我和所有我对你的好。”

长毛象也想把事情记得更清楚，但眼下更重要

的是，能有什么来帮一帮他空空如
也的胃。他迫不及待地要用
自己的舌头把这些娇
嫩的小花温柔地
碾碎。

“等等！”小个子拦住了他，“就这么不问芳名地把花吃掉了，真是太没有爱心了。应该先问问它叫什么名字。这样不是更好吗？”

长毛象为自己的粗糙鲁莽感到难为情，他说了好多遍“对不起”，然后郑重地问：“那我能请教一下这些花的尊姓大名吗？"

"很乐意。"小个子说，"不过我不能这么容易就把名字说出来。这些小花肯定也不愿意这样。"

"啊，为什么不能一下子说呢？"

"因为它们有一个非常特别的名字。不是那种到处都有的寻常名字，而是非常意味深长的一个名字……"

"啊，是吗？"

"……你必须要特别专心地听好，把这个名字好好存在记忆里。"

长毛象郑重发誓："好的。一定永远铭记。"

小个子这才不卖关子了，他说：

"这些小花叫作：'勿忘我请记好尤其是在最高长毛象法庭面前是小野人中个子最小的那个为你做了好多好事比如说每天给你带新鲜收割的苔藓为你采了好多美味的牛肝菌梳理揉搓你乱蓬蓬的头发也别忘了提到我不仅一直特别友好特别有耐心特别热心还一直倾听你长毛象的烦恼'。"

当小个子把这个名字的最后一个字说出来的时候，长毛象都已经睡熟了。

“太糟了！”他心里嘀咕，“他又什么都不记得了。”

现在只剩下打结这一个办法了。

他爷爷的爷爷说过，如果一只长毛象总是记不住别人对他说的话，那么就可以在他熟睡的时候，把他的鼻子打一个结，这样他就不会忘记了。

说干就干：他高高举起长毛象的鼻子，把它向后绕成一个圈圈，然后把鼻头从中间穿过去，刷地一拉。

小个子还没完成他的杰作，长毛象就呼哧呼哧地醒了过来。

“阿嚏……啊……呜呼呜呼……哇……嚏！”

他用力打了个响鼻，那个结一下子就散开了。整条长鼻子成了一条狂暴的软鞭，在空中噼里啪啦甩过来甩过去。

小个子吓得一溜烟径直跑回家。

洞穴门口，大人们早就站成了一排。

“你能向我们透露一下，你这又是从哪里冒出来的吗？”他们非常不满地问道，“又是一个人，还这么晚！”

“还有，灶间里的蘑菇乱炖到哪里去了？”

“厨房里的苔藓地毯怎么还缺了一大块？”

"还有，那束要送给爷爷和奶奶的勿忘我呢？你是不是也不知道？"

"不知道啊，"小个子回答，"一定是那只长毛象偷走的。"

"长毛象？！"

大人们都觉得，这编得也太离谱了。

其他小野人也这样认为，这会儿他们已经钻进了洞穴门口的铺盖里了。

每个人都腰酸背疼的，还有些灰心丧气。

"我们一整天都在采集新鲜的青草。"他们抱怨道。

"但是那只奇怪的长毛象竟然一点儿都没碰。"

"没啥好奇怪的，"小个子一边对他们说，一边也钻进铺盖，和他们躺到了一起，"他一定是已经吃饱了呗。"

他说完，打了一个大大的哈欠："哇啊……"便把盖毯拉过头顶，特别快地睡着了。

其他小野人也跟着他进入梦乡。

“晚安……”

“你也是……”

“或许明天他就会吃的……”

“哇啊……”

小小雷阵雨插曲

第二天一早，小个子又遭遇了最高长毛象法庭的暴怒。

“你这个动物虐待者！”

只听见雷鸣般的怒吼从一大片浓重的乌云里压了下来。

“什么？我吗？”

“对，就是你！因为你把长毛象的鼻子打了一个可憎的大结！你到底是怎么想的，竟然干出这样的事来？！”

“这只是一个友好的帮助记忆蝴蝶结。这样一来，长毛象就能更好地记住他得到的善待。”

“哟嗬，”最高长毛象法庭显出惊讶的样子，“看啊，被告还行善了？”

“当然了！许多许多善举，比如带给他新鲜的苔藓，带给他蘑菇、酸模草，还为他按摩脖子……”

“可是长毛象根本就没有向我们提起这些。”

“一点儿都不奇怪，他时时刻刻都在忘记事情，”小野人辩解道，“所以除了给他打个结，还能干什么呢？”

“很简单！”法庭雷声隆隆地说，“再做更多好事！”

“更多？”小个子吃了一惊，“到底要多少？”

“一直做到有那么几件事能留存在长毛象的记忆里。”

天呐，绿色的大草原啊！这可怎么办呢？小个子苦思冥想着踱过来踱过去。

“持续地为他做好事，一个真正的长毛象猎人怎么能忍受这个！”

令人难忘的礼物篮

第二天，小个子突然想出了一个能拯救自己的办法。

他想起了爷爷的爷爷曾经对他说过的话。他是这样说的：

“长毛象这种动物虽然脑袋瓜有洞，但还是有一样东西会让他们念念不忘：一个出乎意料的礼物篮。它会深深地、难以磨灭地印在他们的心里。”

听起来不错！

“这正是我需要的。”小个子心想。

他一直等到其他小野人都去荒原上收集青草了，才开始自己的工作。

首先，他找来了家里最大的篮子，在里面铺上贝壳和冷杉果，还雕刻了一些可爱的小玩意儿。

然后他把各种各样好吃的东西都放了进去——蘑菇、葡萄干、覆盆子、黑莓。作为最后的点睛之笔，他还给礼物篮装饰上了鲜嫩的青草和一大束五彩斑斓的野花。

如此一来，他终于凑成了世界上最漂亮的大礼物篮。

“长毛象一定会惊讶得说不出话的！”

他把装得满满当当的丰盛礼物篮扛在肩上，迫不及待地要把他的杰作郑重地赠送出去。

他突然想起来：“或许我不应该从荒原的正中间穿过，还是绕个远路偷偷过去比较好。”

作为一个真正的猎人，他可绝对不能扛着一个令人难忘的礼物篮被人撞个正着。

可他今天很不走运！其他小野人像从地里冒出来一样突然出现在他面前。

“咦？”他们惊讶地看着他，“你怎么在这儿？”

“还带着长毛象礼物篮？”

“我们倒没想到你会……”

小个子一下子涨红了脸，把篮子原地一丢，马上做出和它没什么关系的样子。

“什么礼物篮？！啊，这个……这个嘛，这个不是我的……这个不是我弄来的……”

“不是你的，那是谁的呢？”

“不知道。大概是谁忘在这里的。”

突然，啪嗒啪嗒啪嗒，长毛象也来了。

“这是什么好东西？”他大声问道，“一个礼物篮！哟嗬……这是给我的吗？”

“呃……呃……”小野人们吞吞吐吐，不知怎么回答。

长毛象简直不敢相信自己的眼睛。

“我还从来没得到过这样的东西呢！啊呀，这么好！”他掩饰不住地喜欢，“各种莓子配上新鲜的苔藓。这么慷慨！闻起来多么舒心！还有这个，太让人喜欢了！一个桦树皮雕刻的爱心，上面还有献词：送给亲爱的长毛象！”

长毛象感动得不知怎么才好。

“我能问一下，这位如此慷慨如此高尚的赠送者是谁呢？”

小野人们都转头望向小个子。

但他只是摇了摇脑袋："这个，反正不是我。我和这个没关系！"

"那其他人呢？"

“那啥……呃……这个……其实也不是我们……”

“那太可惜了，”长毛象叹了口气，“真是太可惜了。那就是一个不肯留名的赠送者，他是不想被人发觉——啊，多么高尚的行为！我要是能知道他的尊姓大名就好了，我多想把他的名字永远铭记在心里！”

这个时候，其他小野人突然就改变了主意，他们说：“对不起，我们没有立刻把真相说出来。

不过，坦诚地说，这个礼物是我们准备的——我们就是你说的高尚的赠送者。”

“你们？我就知道！”长毛象松了一口气，“衷心感谢你们。我永远也不会忘记它。我会立刻把这件事报告给最高长毛象法庭。”

那个小个子这下不干了。

“事实不是这样的！”他叫起来，“这个礼物篮是我弄的，我一个人！”

“啊，一下子又变成你的了……”其他小野人叫起来。

“一直都是我的——从头到尾。”

“但现在它是我们的了。你又不要它，是你自己不好意思嘛。”

“啊呀，你们别闹了。”长毛象这个时候叫了起来，“别吵了，我的心都要碎了。”

“要说真相的话！”小个子坚持不懈，“所有东西都是我一个人收集的，字也是我刻的……”

“之前你说过这个不是你的，和你一点儿关系都没有，不是吗？所以现在它就是我们的了……”

眼看他们吵成一片，长毛象发起火来。

“安静！”他咆哮道，“我不要你们的礼物了。你们留着吧！”

“我们留着？”小野人们一下子呆住了，“为什么呢？”

“只有你们承认这是你们共同送的，是以你们集体的名义送的，我才会接受。”

小野人们陷入了沉思，立即停止了争吵。

“求你了，长毛象，接受吧！它就是我们一起送的。我们向你保证，就是我们共同送给你的！”

听了这话，伤心的长毛象又变成了一只幸福的长毛象。他兴高采烈地冲去最高长毛象法庭，向他们汇报小野人们的馈赠。小野人们也踏上了回家的路。

他们到家的时候，大人们已经站在洞穴门口了。

他们的表情看起来相当不快。等待着小野人们的不是礼物，而是连珠炮似的训斥。

“你们这些小混蛋到底跑到哪里去了？我们都为你们担心死了！另外，你们应该也知道，那个大柳条篮哪里去了？！”

“哪个柳条篮？”

“那个特别大的篮子，就是我们用来装食物带去野餐的。”

“啊呀，那个……是呀……是个嘛……”

那个篮子到哪里去了，他们都不知道，一个人都不知道。

“或许，”大人们说，“晚上户外的新鲜空气能帮助你们很快回忆起点什么东西。”

大人们边说边指了指已经在洞穴门口铺好的铺盖。

小野人们舒舒服服地钻了进去。他们相互保证，以后所有的事情都一起去做，接着就一个接着一个倒头大睡了。

“晚安……”

“你们也是……”

“呼呼……”

“呼……呼……”

小菜田

第二天一早，小野人们坦坦荡荡地踏上了去最高长毛象法庭的路。他们穿过荒原大声喊道：

“您好，长毛象法庭！”

“您在哪里啊？”

“请现身吧……”

可奇怪的是，没有任何声音回应他们。

怎么了？不管他们喊得有多响，回答他们的始终是一片寂静。

小野人们又跑到了相邻的山谷里，站在了开满鲜花的草坪上继续尝试。

“您好……”

“您……好……”

他们喊了一遍又一遍。

直到荒原上刮过一阵风，送来一连串呼噜声。

“呼呼……呼……呼呼……呼……”

“你们快听！这是典型的长毛象呼噜声。”小

个子激动地说。

他们循着鼾声登上了一个小山丘。那张大石桌赫然出现在了山丘的背后，最高长毛象法庭就在那儿呼呼大睡。

小野人们小心翼翼地按了按长毛象的鼻子，这三只熟睡中的威猛长毛象惊得一下子跳起来。

“你们到这里来要干什么？”他们厉声吼道，“你们难道不知道，打扰午睡中的法庭，是多么地有失体统？”

“我们只想问问你们，长毛象有没有把我们的最新表现报告给你们听。”

三个威猛的长毛象法官呼啦一下站起来，正了正头上的黑色假发，威严地端坐到大石桌前。

“当然，长毛象向我们报告过了。他对我们说，你们为他做了许多事，你们送给他的礼物已经堆成山了……”

“哇哦！”

“这是他说的？”

“他还说了什么吗？”

“他用最好的话赞扬了你们。他说，你们甚至还向他道了歉；你们向他保证，再也不会有捕猎他的想法；你们立志成为整个荒原上最亲切的长毛象之友。但是，我们并不信任你们。”

“要怎么样你们才能信任我们呢？”

“你们要证明你们这些淘气鬼真正地改邪归正了！”随着话音，落下一个巨重的长毛象拳头，砸得大石桌飞迸出许多小碎石。

“你们在内心深处始终是可恶的小食肉野兽。”

“我们已经不是了！”小野人们大声反驳。

“我们已经彻底改变了，真的！”

“我们已经完全不喜欢吃肉了！”

“我们真的被治好了！”

“那请问最高法庭从什么地方可以看出你们的变化？”

“您可以看到，我们已经真正爱上了蔬菜！”

“真正的蔬菜爱好者！”

“西兰花……”

“……还有野莴苣……”

“……可口的芹菜……”

“您有没有听说过这样的话：‘早上一口大头菜，所有烦恼不再来’，还有‘晚上一个小萝卜，神清气爽头脑活’？”

最高长毛象法庭皱起了眉头：“那咖喱香肠呢？昨晚你们不是都梦到它了吗？”

“什么咖喱香肠啊？怎么可能？尊敬的长毛象阁下，您一定是听错了。”

“不论我们有没有听错！我们还清清楚楚地听到你们在梦里哗哗流着口水，声音可真够大的！”

“啊，这个，好吧……出现这种情况，不是因为咖喱香肠，而是萝卜肠[①]。”

“萝卜肠？法庭还从来没听说过这种东西。”

“就是胡萝卜，尊敬的阁下。每个严格的素食主义者都知道嘛。”

---

① 德语中咖喱香肠 Currywurst，听起来像 Karowurst，这个词是小野人们为了蒙混过关把胡萝卜 Karotte 和香肠 Wurst 结合起来自创的词哦！

为了证明从现在起他们已经成为了真真正正的素食主义者，那个小个子举起了手，就吃素问题庄严起誓：

“跟着我说：‘我们，小野人，发誓……’”

“我们，小野人，发誓……”

“……再小的长毛象排我们也绝对不会碰……”

“……再小的长毛象排也绝不会碰……”

“……哪怕它炸得如此香嫩……啧啧啧……”

“……哪怕它炸得如此香嫩……啧啧啧……”

“一根健康的胡萝卜才是我们的目标，所以从现在起，我们对所有的炖肉都熟视无睹——嗷！”

“……熟视无睹——嗷……”

最后一声“嗷”好半天才渐渐消散，最高长毛象法庭不得不抖搂一下他们敏感的耳朵。然后他们就退到山丘后面去交换意见了。等到他们再次出现，法庭宣判了——

“以长毛象的名义，宣布判决如下：

被告小野人将暂时免除处罚。他们可以自由地在荒原四处活动、玩耍和冒险……”

小野人们听到这个，立刻欢呼起来。

“哟嗬……哇呼！嘿呀，嘿呀，嘿！”

不过法庭的宣判还没完毕。

“但是，在很长一段时间里，你们必须处于我们的严密监控之下。”

“严密监控？”

“为什么要这样？”

“以便长毛象法庭确认，你们在未来能做到言行一致。”

“当然啦！”小野人们大声回答，“我们会用许许多多的实际行动来证明。”

他们甚至已经有了一个具体的计划：他们打算成为菜农小野人，最最狂野的种菜小野人。他们飞奔回家里，翻出了锄头和铁耙，又在靠近池塘

的地方选了一块合适的空地。

他们又铲又挖，用手刨了一个个小洞，把一粒粒种子埋进去，盖上土，最后用水壶灌溉。

然后就大功告成了：天底下最狂野的菜田。

精疲力竭的小菜农们觉得："虽然有点小，但是很显眼，不管从哪个角度都很容易发现。"

"是啊，不管是在白天还是在夜里。"

"尤其是在这样的月光下！"

大人们也发现了这块小菜田，他们齐刷刷地站在旁边，打量着小野人们的杰作。

“神圣的冻原啊，”他们无比惊讶，“你们真是干了一件大好事啊。作为奖励，每个人都可以得到一块焗榛子，晚上还可以想在哪里睡觉就在哪里睡觉！”

“我们要守着我们的菜田过夜。”小野人们都叫起来。

“不会冷吗？”

大人们于是给他们准备了枕头、铺盖，还额外拿来两只热水袋。小野人们就舒舒服服地钻了进去。

他们劳累了一天，现在却有些睡不着。他们有太多的计划。有什么是他们不能种的呢！

“糖块色拉……”

“粉色彩椒……”

“还有萝卜……对，胡萝卜……”

“然后等我们第一次胡萝卜大丰收的时候，我们还可以用它杂交……”

“对啊，杂交听起来不错……”

“比如说和香肠杂交！”

“没错！我们可以悄悄地在旁边种些小烤肠，就种在芦笋的边上好了……”

“嘻嘻，在大头菜的叶子下面，我们还可以留点地方种一些……嘘……小肉丸子……”

“如果我们种出一个煎肉饼胡萝卜，我们就可以慢慢把它培育成长毛象胡萝卜！”

“哇哦！”

“嗷！”

就这样，小野人们躺在夜空下的菜田边，讨论了好一会儿他们的种植计划，然后才一个接着一个呼呼大睡起来……

“晚安。”

“睡个好觉……”

“你也是……”

“做个好梦……”

“呼呼……呼呼……”

后记

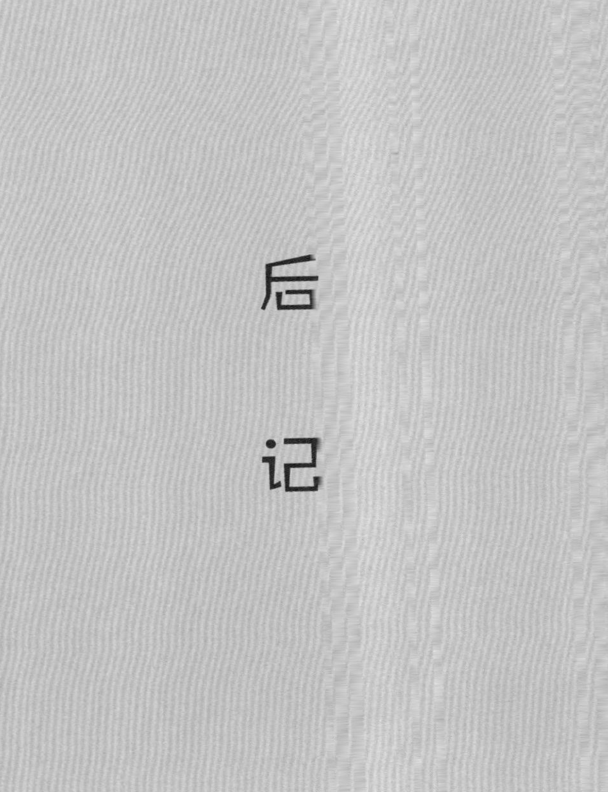

没人知道，小野人们种出来的长毛象胡萝卜会长成什么样子。大概就像下面这幅画这样——胖胖的，全身鲜亮的橘红色，脑袋上盖着绿色的小刘海。

它尝起来又会是什么味道呢？

肯定很好吃！有点儿像胡萝卜，鲜甜、多汁，

或许又有一点儿烤肠的味道。所以个子最小的那个小野人肯定会往上挤一点儿黄芥末再吃。

还有别忘了，它肯定非常有利于健康，富含多种维生素……

DIE KLEINEN WILDEN

4

小野人和长毛象

超好玩的史前故事

[德]亚奇·聂比奇 著/绘　庄[illegible]男 译

JACKIE NIEBISCH

上海译文出版社

图字：09-2019-764 号

图书在版编目（CIP）数据

小野人和长毛象. 超好玩的史前故事 /（德）亚奇·聂比奇（Jackie Niebisch）著、绘；庄亦男译. -- 上海：上海译文出版社，2020.7
ISBN 978-7-5327-8484-4

Ⅰ. ①小… Ⅱ. ①亚… ②庄… Ⅲ. ①儿童故事－图画故事－德国－现代 Ⅳ. ①I516.85

中国版本图书馆 CIP 数据核字（2020）第 088337 号

再次把这本书献给那位大野人J.P.，

当然还有来自上海的冯樱，别名皮皮兰，她小时候一定也是

一个高大又勇敢的小野人。

目录

要是你们是小野人们的老朋友，你们肯定知道，他们早就不当长毛象猎人啦，而是成了有史以来最最狂热的蔬菜水果爱好者。

小野人们在一块小菜地里种上了球甘蓝和西兰花，还有粉色的彩椒。眼下他们最喜爱的美食毫无疑问就是坚果馅饼了。当然啦，番茄酱意大利面，或者是烤得酥酥脆脆，撒上了足量奶酪、蘑菇和洋葱的披萨，也是他们无法拒绝的。但是总而言之，小野人们始终严格遵守着自己的座右铭，那就是：

远离肉类！

然而最近，在很偶然的情况下，我们竟然获得了一个轰动考古界的新发现：有人走进了一个古老

的洞穴，在洞穴深处的岩壁上，就在靠左边的角落里，找到了一些尘封已久的小野人故事。这些很老很老很老的史前故事，还是用白垩土在岩块上勾画出来的。

这是多么激动人心的一件事呀！灰色岩壁上的白色笔迹，清晰地描绘着那些故事：小野人原来可真的是非常非常野蛮的，是人们可以想象的那种最最厉害的肉食者。这些长毛象猎人每天早上一起来就“嗷嗷”地吼叫着抓起长矛，把这片辽阔又安宁的大草原搅得鸡犬不宁。

这样的岩壁当然没法随随便便被带走，所以我决定，把墙上的所有内容原原本本地抄下来，总得有人来做这样的事嘛。于是，你们就成了新时代里最早知道这些事的人啦。接下来，让我来给你们讲讲这些整天眼馋长毛象肉排的小野人吧！

只能吃水果

当小野人还是最最伟大的长毛象猎人的时候，他们又一次想着超级鲜嫩多汁的长毛象肉排垂涎欲滴。

“嗷！”他们吼叫着，恨不得立刻就去打猎。

这个时候，大人们出现在了他们面前。

“悠着点儿，孩子们。长矛今天是用不着的！”大人们说着，就收走了长矛，却往他们每人手里塞了一个篮子。

“这能用来干什么呢？”小野人们嘀咕了起来。

“去采集莓子呀，我的小英雄们。我们得抓紧时间为下一个冬天准备好一罐罐的果酱。你们现在就可以去捡成熟的莓子了，再摘些苹果。”

“可是我们更想吃炸肉排，还要浇上鲜美的蘑菇酱！”

“别胡说八道了！你们今天要带回来的，既不是鲜肉也不是蘑菇，只能是水果！别的都不行！听清楚了没有？！”

好吧……

小野人们垂头丧气地穿过了荒原，两眼嫌弃地看看这里的莓子，又瞅瞅那里的苹果——地上落满了这样的果子。

突然，他们看到了那个简直了不得的东西，高高耸立在眼前，一看就是无比美味：一座棕色的山丘——不是别的，正是长毛象那肥美的大屁股。他正在那儿打盹儿呢。

“这是多么壮观的一块烤肉排啊！”他们小声地欢呼起来。

“快把长矛拿来！”

可是他们突然想了起来：“我们没带长矛啊！”

“没事，”个子最小的那个小野人轻声说，“我爷爷的爷爷对我的爷爷说过，如果手里没有长矛，不妨直接从屁股上啃下几块肉排。一只睡熟的长毛象根本不会感觉到什么。等到他彻底醒过来，我们早就到家啦！”

“哈，哈！”

“那我们就可以把啃下来的肉排烤得汁水四溢。”

“但是我们不是只能带水果回家吗？”其他小

野人突然想起了大人们的嘱咐。

“没错呀，我们并没有违背他们的话语。”小个子说，“长毛象嘛，准确来说，就是一个水果。”

“长毛象？是一个水果？”

“对呀！一个大果子！”

“这话怎么说呢？”

“很简单。”小个子说，“海洋里的果实叫水产，田地里的果实叫农作物，连森林也出产自己的果实——那长毛象就是大地的果子！”

啊，原来是这样……好吧，那么……小野人们第一次从这样的角度来看待这个毛蓬蓬的大家伙。有的人还没明白，于是小个子继续解释道，从长毛象的四条腿和一个长鼻子来看，他属于四脚长鼻果这个种类。

事情现在就像一块放在眼前的烤肉排那样清楚了。

小野人们小心翼翼地爬到了这个呼呼安睡着的长鼻子水果的身上，一口气爬到了它的屁股上。然

后他们就“啊——”地把嘴张到最大，“啊呜”一声咬了下去，咬在了那像小山丘一样的肉峰上。

瞬间，这只安睡中的大地果子变成了一头暴怒的大地果子。

“啊哇！”长毛象火冒三丈地呼哧呼哧喷气，“谁这么无耻！”

他飞快地甩动起他的长鼻子，把这伙十分淘气的食肉小猛兽一网打尽，气呼呼地把他们举到半空中。

“你们怎么想得出来？！活生生地就开始把我当菜吃了！”

“我们太饿了呀！”小野人们喊道，“而且我们也没有想要吃掉你……”

“那你们是想干什么，请问？”

“只想割四块迷你肉排下来。”

“嚯，‘割’！”

“是呀，极小极小的四份。像你这样一只如此强壮、高大的长毛象，根本不会感觉到的！”

“我不会感觉到？！告诉你，我的屁股火辣辣地疼，一会儿上边儿疼一下，一会儿下边儿疼一下！”

“一会儿就好啦！”小野人们安慰他道，“现在能请你先把我们放下来吗？我们还得抓紧时间采集莓子呢，是用来做果酱的……嗯，为下一个冬天做准备……”

“没门儿！”长毛象瓮声瓮气地说，“你们待在这儿正好！谁把好好睡着的大荒原居民给咬伤了，谁就得护理他，直到他重新恢复健康！”

“健康护理？”

“这怎么弄？”

“我们不会啊！”

“是啊！”

“我们不擅长干这个！”

“我们从来都没干过！”

“不用担心，很简单。我告诉你们怎么做。”

在长毛象的严密监视之下，小野人们只得去为他收集新鲜的苔藓了。他们把水淋淋又凉冰冰的苔藓敷在长毛象屁股上被他们咬过的地方。

“哇！”好舒服。当苔藓被长毛象的体温焐热了，小野人们就得给他换上新的。

“哇！”又舒服了。无论如何长毛象是真舒服

了。一层又一层的苔藓，直到他再也感觉不到屁股上的疼痛。

一直忙活到晚上，这些爱咬人的小野人才终于被放回家了。

大人们像往常一样，又齐齐地站在洞穴门口等待他们了。

“这么晚你们是到哪儿去了？”他们没好气地说，“你们就不能哪天给我们一个惊喜，让我们省心一点儿？！”

“话说你们收集的水果呢？怎么一个都没有看到？”

“啊，这个……”

“这个，因为它们实在太重了……”

“特别是那一个……”

“那个超级超级大的长毛象果子……”

他们的话，大人们当然是一个字都没听懂。

“你们这是在耍着我们玩儿呢！”

他们说着指了指洞穴门口的空地。

“你们就露天睡吧，呼吸一下新鲜空气，怎么样？今天的空气里真是充满了水果的香气呢！”

小野人们拿来了他们厚厚的毛皮铺盖，飞快地钻了进去。他们聊了一会儿天，又想了一千个抓长毛象的新计划，然后进入了香甜的梦乡。

“晚安。”

“睡个好觉。”

“你们说，长毛象果尝起来是什么味道的？”

“肯定又松又脆。”

“哇……”

“呼呼……呼呼……”

烧烤派对

在一个艳阳高照的炎热夏日，小野人们坐在洞穴门口，舒舒服服地晒着日光浴。

“今天的天气真是太棒了！”

“是呀，真是理想中的烧烤天气！”

“就是少了用来烧烤的肉排。”

在这样的酷暑里，从哪里能直接弄到肉排而又不需要辛辛苦苦地打个半天猎呢？

个子最小的那个小野人有了主意：“我爷爷的爷爷曾经说过，谁要想吃上‘好天气烤肉排’，就该直接去请长毛象来参加烧烤派对，而且要当面请！”

直接邀请！当面请！听起来真是不错。这个说法倒是新鲜！

“这是很可行的。首先呢，长毛象们收到邀请，肯定会感到很高兴的。然后呢，他们来了之后，自然就能派上用场了。”

小野人们觉得这个主意真不坏。

“嗷！”他们心情舒畅地嚎了一声，立刻找来了烤肉架、胡椒、盐，还有洋葱，然后就兴高采烈地上路了。

这一队小美食家们刚走进相邻的山谷，就看到了长毛象。

他站在冻原池塘里，四只脚浸在清凉的池水里。

当他看到小野人们朝着自己走来，就向他们投去了一个愤怒的眼神。谁知道这群冻原小混蛋们又藏了一肚子什么坏水。

不过，这回看起来，他们并没有暗暗盘算着什么不好的事情。正相反，他们是怀着好意来的……

“嘿，你好，长毛象！”他们开心地和他打招呼。

“我们是来祝贺你的！”

“是来向你转达一个美好的祝愿……”

“什么……哦？我吗？这……”长毛象完全摸不着头脑。

“没错。”小个子对他说，“就是你！”说着还递给他一束新鲜的酸模草。

“啊呀，谢谢。”长毛象说，“可是为什么要祝贺我呢？”

“恭喜你中奖了！”

“什……什么？！我？中了什么奖？！”

长毛象惊讶得结巴起来，连鼻子卷着的酸模草都掉了下来。

“没错！”小个子同样兴奋地叫道，“你中奖了！你得到了一张烧烤派对的入场券。我们举办的烧烤派对。”

“神圣的冻原呀！”长毛象暂时还没法消化这个天大的惊喜。他继续问道：“这到底是个什么东西呢，烧烤派对？”

他从来没参与过这样的活动。

“这是最最盛大的派对了！”小野人们七嘴八舌地大声说道，“一个充满了美味佳肴的盛会。朋友们一起围坐在篝火旁边，很开心的。”

这听起来真是太棒了！长毛象也正需要一些娱乐和社交来换换口味，他总是默默地独自在广袤的冻原上溜达。

“首先呢，”个子最小的那个小野人说，“我们得生起一堆火。”

小野人们立刻开始了行动，在荒原上四处收集石块。

他们注意到长毛象正好奇不已地观察着自己，于是就龇牙咧嘴起来，还故意特别大声地不断叫唤——

“哎呀，这些石块真是好重呀……”

“瞧，多大的石头呀……”

“嘿哟嘿哟！”

“太费力了……”

长毛象看不下去了，他怎么能让这些小东道主们这么劳累呢。

“我是不是能帮上一点儿忙？”他问。

“噢，可以呀……”小野人们气喘吁吁地回答，“要有你这样一个强壮的帮手来助我们一臂之力，那真是太好了！”

一眨眼工夫，长毛象就收集起了一大堆石块，又按照小野人们的要求把石头垒成了一圈。

“现在该干什么呢？”他又问。

“噢，你现在要是再弄来一些木头就好了。最好先是粗一点的树枝，然后再在上面搁一些细小的枝条，这样更容易生起火来。”

“马上就好。”长毛象一口答应。他干劲儿十足地动起手来，他想成为一个懂礼节的好客人，一个有良心的幸运儿。

烧烤架搭起来以后，一簇小火苗立了起来。长毛象又问了，接下来他该干些什么。

“现在我们得等上一会儿，”小野人们向他解释，“等到火堆整个儿燃起来，烧得旺旺的。不过，你要是不反对的话，要不就先削几个洋葱吧？”

长毛象虽然并不擅长干这个，但他还是付出了极大的努力。削洋葱皮的时候，他的眼泪流个不停，但他非常勇敢地坚持了下来。

“那现在呢？”他不知疲倦地继续问道，“现在该干什么呢？派对终于要开始了吗？”

“马上马上，”小野人们说，“现在你只要慢

慢地、小心翼翼地坐到那烧烤架上就行了。”

“什么？我？……这个……这可不行啊！”

“行啊，行啊，简直太行了！一场真正的烧烤派对就该这样！”

“可是这个烧烤架太小了啊！而且肯定很烫吧，它还冒着火呢！”

“坐上去可舒服了，要试了才知道呢，你会大吃一惊的！”小野人们向他保证，“就像是一个预热过的座位。”

“特地为你准备的贵宾专座！”

“可是我根本看不见自己身子后面的任何东西啊……”长毛象仍然觉得这不是个好主意。

“别担心。”小烧烤专家们对他说，“我们会指挥你的屁股一点点向合适的位置靠近……对，再往里一点儿……小心……慢一点儿，再慢一点儿……对了……再过来一点儿……”

这时，长毛象感到他屁股的皮肤表面有点儿不舒服。

“我这到底是在干什么呢？”他突然闻到了一股怪怪的气味，忍不住叹了口气，“这里怎么突然闻起来这么奇怪？！这个味道……好像有什么东西烧着了……好像是……就好像是……”

“别担心，”小野人们大声说，“一切正常！这只是大荒原上一些会散发香气的植物。”

但是长毛象感到周围越来越烫，不一会儿都冒出了黑烟，一小簇火星甚至沿着他的尾巴蹿了上来。

他这才恍然大悟，就好像心里突然闪过一道光，只是这道光和那火苗一样烧得他难受：他又一次被这群可恶的食肉小混蛋耍得团团转！

长毛象一跃而起，跳进了那救命的小水池里，啪嗒啪嗒踩得水花四起。他用长鼻子吸饱水，喷出一道又一道的水柱。冰凉的池水，像小喷泉一样，洒在了他的背上和屁股上。

神圣的屁股啊！它才刚刚从上一次的伤害里恢复过来啊。这回又差一点点遭殃，还好有惊无险，只剩尾巴尖上还冒着一点点火星。

同样安然脱险的，还有那群小野人。

他们开足马力朝远处飞奔，一溜烟跑出老远。等到他们终于跑回自己的洞穴，天已经完全黑了。

大人们早就已经站在洞穴的门口了。

“你们这群野小子，这回又是从哪里冒出来的？”大人们气鼓鼓地说。

“一天到晚只会让人担心！”

“你们就不能为我们着想一下吗？”

“我们那个新的烧烤架到哪里去了？”

“哪个呀？”

“就是那个我们今天早上特地支起来的，准备烤蔬菜的！”

“噢，那个呀……”

“那个……”

“那个烧烤架被长毛象偷走啦！”个子最小的那个小野人说，“这个可恶的家伙准备把我们放在上面慢慢地烤呢！”

“没错！”其他小野人都证实了他的说法，“我们好不容易逃出来的。”

“噢，又是那只可恶的长毛象！今晚的惩罚你们是逃不掉了。一想到你们满口胡话，我们就气不打一处来。好了，睡觉的地方你们自己知道。晚安！”

小野人们拿来了他们厚厚的毛皮铺盖，舒舒服服地钻了进去。他们聊了一会儿天，又想了一千个抓长毛象的新计划，互道晚安后便沉入梦乡。

“好困……”

“晚安……”

“睡个好觉……”

“差点儿就成功了……”

“肥美的油炸屁股肉……”

“已经可以闻到香味了……”

“呼呼……啧啧……真好吃……”

“呼呼……真好吃……”

跟踪脚印

小野人们现在又不得不去干点儿正经事了。大人们口渴了，便打发小野人们去池塘边打些水来。这可不是轻松的活，因为水塘几乎干了一半，不得不深深地弯下腰去才能够到水。

“到底是谁喝了那么多水？”

“到底是谁有那么渴？”

“呐，你们猜！”个子最小的那个小野人说，“还能有谁，肯定是长毛象！”

他指了指地面：“就这儿，这么清晰的脚印！到处都是！”

这么一说，其他小野人也都发现了：沙地上到处都是脚印！一看就是扁平的脚踩出来的。有小的，有大的，还有肥的……

“嗷！”小野人们兴奋地叫起来，转眼又变成了长毛象小猎人。不做运水工了！

小个子取来了一根长矛。

“我爷爷的爷爷说过，如果谁发现了长毛象脚印，就必须放下手里的一切，立刻去追踪这些脚印。就一直跟着它们，什么都不要想，直到发现目标。然后就等着开吃吧！”

小野人们都觉得这是一个很实际的办法。不过前提是，得有人具备识别脚印的能力。

没问题，那个小个子有这个本事。

“什么？你会辨认脚印？”其他小野人都惊讶不已，“这个本事你是从哪里学来的呢？你年纪还这么小。”

好吧，首先呢，他其实年纪并不特别小，只是看上去个子小。其次呢，他是一个天生的脚印辨

认好手！最后，为了证明自己的能力，他立刻在大家面前一显身手，把留在脚印里的信息直接读了出来：

跟我来吧，狂野的猎人们，我是一块烤得粉嫩的美味肉排，我在前方等候着你们。

这些话不用再说第二遍，小野人们立刻就出发了，紧紧地跟上了这些脚印。可是，令他们感到奇怪的是，长毛象们似乎在绕圈子，绕着池塘一圈又一圈地走，好像永远也走不到头。

“我们还得追踪多久呀？”

小个子又仔细地研究了一会儿地面的印迹，他认为脚印已经说得非常清楚了：

要不了多久了。坚持住，我自己先在煎锅上嗞嗞地叫一会儿，这样等你们来了以后，我就正好烤得外焦里嫩！

不一会儿，快看，那儿！小野人们的坚持不懈突然得到了回报。

“你们看，那边！”小个子大声叫道。

没错，所有人都能清清楚楚地看到。

在高高的草丛里，撅着一个——不，有两个——不，三个棕色的大屁股！

只不过它们看起来不像往常那样巨大，确切说是小了很多。不过这有什么要紧呢？小猎人们决定，不烤肉排了，干脆就烤一根肉串吧。也就是说，大家一起抬着长矛往后退，然后一鼓作气往前冲，直接把长矛一下子扎进那一排屁股里，串成一根肉串。

当然还要配合最最狂野的吼叫声！

“嗷……嗷嗷嗷！”

他们震耳欲聋的吼叫，惊到了那些差点儿被烧烤了的屁股！他们竟吓得一个接着一个地扑通扑通跳进河里逃命去了。而这边呢，小野人们越走得近，

越是隐约觉得那些“长毛象”有些眼熟，等走到跟前，更是惊恐地发现他们和自己的父母有着惊人的相似。

“该死，大事不好！”狂野的小猎人们大叫起来，“他们不是长毛象！他们是……”

“……是我们的父母！”

“噢，倒了大霉了！”

到了傍晚，洞穴里降下了自上一次冰河时期以来最大的雷暴雨。

“没见过比你们更过分的！”大人们骂道，“你们竟然打算捕猎你们正在河边喝水的父母！”

“我们为了喝口水，不得不在池塘边深深地弯下腰去！”

“这么做后背可疼啦！”

“所有这一切，都是因为你们这些小混蛋把水罐弄丢了！”

“对不起……”小野人们说，“可是我们以为你们是长毛象……”

“什么？”大人们愤怒地问道。

“我们？长毛象？”

“你们是说，你们觉得我们和长毛象一样胖？”

“一样那么多毛？”

大人们越想越难以平静。

“难道我们长了四条腿？”

“那倒没有……”

“那我们称起来有上百吨重吗？”

“不，不……”

“那怎么回事！”

“你们好好思考一下人和动物的区别吧，所以今天你们还是睡在外面，正好呼吸一下有益健康的草原空气。”

小野人们拿来了厚厚的毛皮铺盖，飞快地钻了进去，舒舒服服地把自己裹了起来。他们聊了一会儿天，又为第二天安排了一千个新计划，然后就一个接着一个呼呼大睡了。

“晚安……”

“睡个好觉……”

“完全是因为跟错了脚印……”

“很有可能……”

“呼呼……”

“呼呼……”

吓唬长毛象

所有小野人里个子最小的那个坐在一棵冷杉树的尖尖上，四处搜寻着长毛象的身影。

他刚刚又想起一个绝妙的主意，轻易就能逮到长毛象。不用长矛，不用弓箭——甚至连个陷阱都不用挖。

“我爷爷的爷爷说过，抓长毛象用吓唬就够了。只要非常突然地、出乎他们意料地大叫‘嗥——嗥——’，他们就会心脏骤停，当场一头栽倒在地。”

“长毛象会这样？”

“当然。然后我们立刻就可以开始烧烤了，把酱汁直接浇上去就行了。”

嗥——！嗥——！这个主意让小野人们非常满意。

他们马上就准备去试试。

小野人们走在大荒原上，一路上遇到什么动物都上去吓唬两下，算是在遇到长毛象之前的练习。

他们吓跑了一群毛腿沙鸡，又把几只松鼠追得直跑，还把一只土拨鼠吓得掉回洞里去了。

然后，他们就藏在了一块巨大的岩石背后。

小野人们刚刚把自己藏好，长毛象就摇头晃脑地走了过来。他刚刚睡饱了午觉，满脑子都是些美好的事物。

这个时候，小野人们大吼一声突然跳到了他面前。

“嗥——！嗥——！”他们咆哮着，尽可能地做出各种各样恐怖的鬼脸，“嗥——！嗥——！啊——！啊——！”

他们呲牙咧嘴地发出怪叫。

“咯咯咯——嗥嗥嗥——！”

“我们是长毛象的噩梦！”

“荒原的幽灵！”

“现在轮到你了！”

“你的末日来临了！”

“嗥——！嗥——！”

可是，长毛象并没有像传说中所说的那样倒地不起，他竟然一丁点儿反应也没有！

这也不奇怪。就和荒原上那些对声音异常敏感的动物一样，他用两小捆草塞住了自己的耳朵眼儿。

“什么？”他一脸疑惑地问，“你们跟我说什么了吗？”

“对！我们就是在跟你说话！”小野人们继续咆哮，他们又加大了音量喊道，“你能不能把你耳朵里的草先弄出来？！”

“噢，好吧，我都把这给忘了。”

长毛象把他的耳塞取了出来，这样就又可以清楚地听到别人说话了。

小野人们大声对他说：“请问你能不能重新从岩石旁边经过一次呀？不过不能很刻意，要装作很偶然的样子。可以吗？”

今天长毛象心情非常好，很愿意帮他们这个忙。

“没问题！”

他往回走了一段路，退到了先前走过来的地方，然后掉了一个头，像小野人们希望的那样，啪嗒啪嗒迈开步子，再一次经过那块“吓人岩石”。

当然是装作什么都不知道的样子。

“我什么都不知道……我什么都没注意到，”他边走边嘀咕，“我完全摸不着头脑，会有什么事发生在我身上，啦啦啦，嘟嘟嘟……”

等长毛象走得足够近了，小野人们第二次从岩石背后跳了出来，用尽吃奶的力气，从喉咙里发出各种恐怖的吼声：

“嗥——！嗥——！”

“我们是所有长毛象的噩梦！”

“嗥——！嗥——！”

“我们就是来抓你的！”

“嗥——！嗥——！”

“受死吧！”

“嗥——！嗥——！”

“让我们烤了你！”

还真奏效！这一回，长毛象真的被吓得四脚朝天倒在了地上，好像死过去了一样。

嗷！嗷！小野人们立刻准备好了平底锅，打算先煎一些洋葱。不过，事情并没有进展得那么快，看起来他们还得再耐心地等上一会儿。

因为长毛象突然间又动了起来。他在地上滚来滚去，嘴里发出奇怪的声音。

听起来好像是透不过气来了：

“呵呵呵，嗤嗤嗤，咯咯咯！”

他一会儿仰面朝天，一会儿又肚皮贴地，四只脚不住地乱踢乱蹬，又不得不时不时地捧住自己的肚子，还有大颗大颗的眼泪不断地从他的眼睛里流出来。

噢耶！小野人们还从来没看到过长毛象这个样子！他看起来确实非常痛苦。

“听那些奇怪的声音呀。”

“这到底是什么意思？”

“他正在绝望地挣扎，看来是想在去长毛象天堂之前，再对我们说几句话。”

“是他最后的、最重要的话。”

“他要说什么呢？”

小野人们把耳朵凑了上去，聚精会神地听起来。

“总之是些和死亡有关的。”

“还在喊救命。”

他们又向这只呼哧呼哧的动物靠近了一点，终于能听清楚他的“临终遗言”了：

“救命啊，我要笑死了……我停不下来了，我快憋不住了，谁来帮帮我啊！我要笑死了，我不行了……”

他没吹牛，他真的笑得快喘不上气来了。

过了老半天，长毛象才从这阵狂笑里恢复过来。他精力充沛地站了

起来，朝小野人们挥了挥长鼻子，说了句“再见”，就神采奕奕地迈着慢悠悠的步子走开了。

小野人们一时说不出话来。

“我觉得，他是在笑话我们……”那个小个子终于开口说道。

“他真可恶！”其他小野人都气鼓鼓地咕哝道。

“他嘲笑我们呢！”

“你等着……”

小野人们回到家里，不得不面对他们自己的“恐怖时刻”——大人们已经站在洞穴门口了。他们面

无表情地指了指头顶上的月亮，又指了指已经铺在洞门口的铺盖。

小野人们一个接着一个钻了进去。他们聊了一会儿天，又为第二天制订了一千个新计划，然后就睡着了。

“晚安。”

“晚安。”

“那只笨蛋长毛象……”

“竟然还能笑得那么开心！”

“等着瞧，我们明天就变得双倍吓人……”

“哇呀呀……”

“呼呼，呼呼……”

糟糕的空气

有一天傍晚，奇迹出现了。小野人们竟然没有在外面玩得忘记了回家的时间。

他们超级准时地出现在了家门口，甚至赶在了太阳下山之前。

“祝贺你们！”站在洞穴门口的大人们欣喜又惊讶，简直不敢相信自己眼前的景象。

“我们的孩子眼看就要成为规规矩矩的荒原居民了，快进家里来吧！”

不过小野人们并不想进去。

“其实我们今天更想在外面过夜。”

“外面？”大人们更加吃惊了。

“这是为什么呢？”

“因为你们洞穴里的气味一点儿也不好闻。”

“吸起来……”

“闻起来就……”

“就是一股臭袜子味！”

小野人们说着，还伸手捂住了自己的鼻子。

“因为里面的空气太稠了！”

“空气浓稠？！这个……”

大人们立刻拉长了脸。

“那么请问，这里空气到底有多浓稠？”

他们想知道确切的答案。

“有多浓稠？”小野人们张开手臂比划了一下，“像这样！”

他们一边说，一边还在努力地伸长手臂。

“不不，有这——么大！就像……你们有多胖，空气就有多稠！”

“我们胖？”

你们听听！大人们这下再也坐不住了。

“我们这就来检验一下！”

他们回到洞穴里，个个都举起手臂竖起了手指，迎着风，感受着洞穴里的空气流动。然后，他们以十分科学的态度得出了一个无法反驳的结论：里面的空气根本就没有多浓稠，也就是说，他们一点儿也不胖，最多也就是有一点点丰满！所以，小野人们不可以在外面过夜。

“只有当你们干了什么调皮捣蛋的事，你们才能在洞穴门口过夜。当然，我们不希望出现这样的情况！这毕竟不是什么奖励……”

“真倒霉！”小野人们心想。不过，干点儿什么捣蛋的事还不容易吗？这对他们来说简直就是小菜一碟。

夜深了，大人们都睡着了，此起彼伏地打着呼噜。小野人们就把他们的臭袜子统统都拿走了，小心翼翼，不发出一点儿声音。他们把臭袜子捧到了外面，扔在地上堆得有小山高。

“噗！”小野人们都快吐了，“简直和臭奶酪一样！”

“瞧瞧有多脏啊！”

“这威力就和臭气弹一样……”

“连最强壮的长毛象也会被熏个半死！”

那个时候，洗衣机还没有被发明出来，所以他们就把所有的袜子直接扔进了小池塘。有几只特别脏的袜子，都能自己立在地面上了。

池面上的袜子们沐浴在月光下，静静地打了几个转，渐渐吸饱了水，就咕嘟咕嘟地沉到池塘深处去了。

到了第二天早晨，洞穴里不仅充斥着浓稠的空气，还有冲天的怒气。

“我们的长筒袜都到哪里去了？”大人们骂骂

咧咧到处翻找。

“我们那些漂亮的毛皮袜子呢？”

“谁把它们偷走了？”

他们在洞穴里找，又到洞穴门口的草地上找，最终在池塘边的芦苇丛里发现了几只心爱的袜子。

大人们表情严肃地瞪着那些小野人。

“你们可以解释一下吗？我们那些穿起来特别

舒服的袜子跑到池塘里去是要干什么？”

“去那儿散散味道，”小个子说，“干干净净地洗个澡。”

“啊哈！那么请问你们，它们是怎么到那儿去的？难道真是自己跑过去的？”

“没错，”小野人们回答，“那些袜子肯定不是第一次做这样的事了。它们就是自己跑去池塘的，尤其是那些远足袜。”

光着脚丫子的大人们觉得这个笑话一点儿也不好笑。

“你们立刻把袜子从水里捞上来！”

“然后把它们摊开在岩石上晾干！”

“还有，在我们忘记这件不愉快的事之前，就请你们直接在洞穴门口过夜吧！”

事已至此，小野人们自然就拿来了他们厚厚的毛皮盖毯，开开心心地钻了进去。他们聊了一会儿天，又为第二天制订了一千个新的计划，然后就沉入了香甜的梦乡。

“晚安。”

“睡个好觉。”

“呐，这里至少空气很清新。”

“嘘……”

“呼呼……呼呼……”

喷嚏球

冬季里的某一天，小野人们都感冒了。他们发着烧，流着鼻涕，呼啦呼啦地不断吸着鼻子，所以只能躺在床上休息，哪儿都不能去。

可这样实在太无聊了。

“整天躺在这里！”

“还得每天吃燕麦糊糊！”

“只能啃干巴巴的面包片！”

“还必须喝菊花茶！”

他们多想吃一块烤得外焦里嫩的长毛象肉排啊，浇上些番茄酱，再加一份薯条。

“这要好吃多了。”

“而且，去好好打个猎肯定恢复起来也更快！”

这个时候，个子最小的那个小野人又想起了他爷爷的爷爷曾经对他讲过的话：“虽然长毛象生得又大又强壮，但是只要有人把感冒传染给他，他立刻就会晕头转向！”

“啊哈，”其他感冒了的小野人都觉得这个说法很新奇，“这谁能想到呢！”

“没错。然后他就会发烧，就会头晕目眩，最后原地打起转来，直接一头栽进平底锅。”

“嗷！”

小野人们都欢呼起来。

“我们就去把病菌传给长毛象。让他好好地伤风感冒一顿！”

他们戴着厚厚的围巾偷偷地溜出了洞穴，一口气跑到了相邻的山丘。长毛象就在那里休息，欣赏着宁静的雪景。

“嘿，长毛象！”他们对他喊道，“我们就是来看看你的，然后送给你一个美好的清晨问候。”

话音刚落，他们就开始围着这个茫然不知所措的大个子拼命打喷嚏。

“阿嚏！”

“阿嚏！”

“阿嚏！”

“阿嚏！”

“阿——阿——嚏！”

长毛象不高兴了。

“如果你们没有带擦鼻涕纸的话，至少用手捂住脸吧！”

“我们会的！”小野人们带着浓重的鼻音回答了他一句，继续奋力地对着他打喷嚏。

长毛象忍无可忍了。他往后退了几步，打算远离这几个病菌喷射器。

“想要和我们保持距离？”小野人们不死心，“哈哈！那我们就来做喷嚏球，从远处砸他！”

他们不再对着长毛象的脸打喷嚏，而是对着雪地呼啦呼啦地打喷嚏吐唾沫。

最后，小野人们还不忘擤了几大把鼻涕上去，然后把这坨黄绿色的恶心混合物揉成了一个个雪球。这就是大荒原上最最卑鄙的发明——喷嚏球。制作完毕，小野人们就开始朝着长毛象发射这些秘密武器了。

刷刷刷，喷嚏球一个接着一个地飞了出去。

咻的一声，啪！一个球击中了长毛象的后脑勺。啪！另一个球直接打在了他的刘海上面。又来一个——砰！命中了他的右眼，还有一个——咻！不偏不倚钻进了他的左耳朵眼。

“你们等着！”长毛象气急败坏地说，“你们这些传播感冒病菌的家伙！你们是想要打雪仗是吧？好，我奉陪！”

长毛象立刻甩开长鼻子滚起了雪球，越滚越大，又重又圆的长毛象专用雪球。他用鼻子卷起三个这样的大雪球，狠狠地朝那群流鼻涕小鬼们砸了过去。

“这不公平！”小野人们抗议，“这些雪球比我们的大多了……”

说时迟那时快，啪啪啪，一连串声响，他们瞬间被雪球击中，统统倒在了雪地里。

个子最小的那个小野人挣扎着爬了起来，还想把一个喷嚏球直接塞进长毛象的鼻子里。

但是长毛象一把抓住了他的斗篷帽子，直接把雪一股脑儿地抹遍了他的全身，从上到下，又从下到上。

最后，四个小野人全部都被打倒在雪仗场上爬不起来。他们一点儿力气都使不出，除此之外倒是没有什么不舒服。

等到他们重新回到了家里，大人们已经出来迎接他们了。

“你们刚才到哪里去了？”

“你们是不想要你们的小命了，是吗？”

“我们都在为你们提心吊胆！”

“谁允许你们这些病病歪歪的家伙离开洞穴的？”

好不容易走回家里的小野人们不知怎么回答那些连珠炮一样的问题。他们只是感到浑身无力，还不停地打着喷嚏。

“阿——阿——嚏！”

“阿——嚏！”

“看到了吗？”大人们没好气地说，“这都是你们自作自受！赶快上床睡觉！”

小野人们一人喝了一杯菊花茶，每个人头上都敷上了一块凉凉的毛巾，又做了一个能帮他们早日恢复健康的桉树蒸汽鼻浴，然后便倒头大睡。

“呼呼……”

“呼呼……”

“呼呼……”

“呼呼……”

暖和的盖毯

在小野人还是最最野蛮的长毛象猎人的时候，有一年冬天特别特别冷，冷到他们的脚指头都要冻掉了。

“我们的毛皮盖毯到底怎么了？”小野人们感到很奇怪，“它怎么一点儿都不暖和了？”

他们盖着这条毯子舒舒服服地睡了好几年了，

可现在却感觉它到处漏风。大家只得在毯子下面拉来扯去，每个人都想多盖到一点儿。

“可恶的长毛象毛皮毯子！”个子最小的小野人骂道，“它一直在偷偷变小！就是想让我们冷得哆嗦。”

其他人也觉得这条毯子这么做是不对的，它怎么可以这样？！还偏偏是在冬天！

不过，这只是他们的错觉。

其实责任可能并不在毯子——是不是因为小野人们已经不知不觉地长大了呢？

“没错！”小个子喊道，“就是因为这个！”

他说着就抓起了长矛，可那上面也挂着长长的冰柱。

“我们的个头都变大了，当然也就需要一条更大的新毛皮盖毯了。这不能怪我们。快起来，我们去弄一条新毯子！”

“嗷！”冬天里的小野人们大喊起来，“我们去捕猎长毛象！”

“去抓那只毛茸茸的肥家伙！”

“我们用他的皮做一条全新的超级大盖毯！”

他们迈着志在必得的步伐出发了，走进了白茫茫的大荒原。可是他们深一脚浅一脚地走着，只感到越来越冷。真倒霉！没走出多远，小野人们就觉得自己的手和脚几乎要冻僵了。他们的鼻子也都冻得和小红萝卜一个样儿。

“你们看！”他们中有人突然喊起来，“就在前面！那只长毛象！”还真是。他窝在一个雪堆的后面，把自己的身子缩成一团，又高又圆，像一座小山丘，看起来一点儿也不觉得冷。

小野人们又向他走近了几步，等他进了长矛的射程就停住了脚步。大家坐了下来，紧紧挤在一起。

然后他们用冻得僵硬的手指握住结了冰的长矛。但他们并不准备大叫一声把长矛投向长毛象，

而是喀嚓喀嚓把这根木棍弄成了好几段，然后用这些小木棍生起了一堆火。可是这堆火实在太微不足道了，一眨眼就熄灭了。这会儿，小野人们甚至感觉比刚才更冷了。

“这回我们真的要冻死了。”他们哆哆嗦嗦地说，“冻成冰棍，直到来年春天才化开。”

就在这个时候，个子最小的那个小野人又想到了一个主意。他牙齿打着颤，结结巴巴地说：“我爷爷的……爷爷告诉过我，在很……很冷的时候，只有一个办法：就是野蛮的猎人们和长……长毛象紧紧挤……挤在一起。”

和长毛象挤在一起？这可真是个救命的突发奇想！好吧，就那么干吧！

小野人们先是慢慢地朝着长毛象挪近了一点点，但仍然保持着安全距离。当他们看到长毛象并没有表示反对，就继续向他靠近，直到能够互相感受到对方的体温。

长毛象慷慨地接纳了他们，他们也就直接扑了过去，蹭在他毛茸茸的大身子上。

小野人们一边紧紧依偎在他的毛皮上，一边不断赞叹“多么温暖柔软”。他们甚至能够听到他咚咚的心跳声，能感觉到他庞大的身体正一起一伏。他们觉得自己此刻正躺在轻轻晃动着的摇篮里。

“你们可以想象吗，我们之前竟然打算吃掉长毛象？”

“那样一来，他的毛皮就不可能这么鲜活温暖了！”

“也不会这样随着呼吸一起一伏了！”

“还有这暖烘烘的气息！也不会从他的长鼻子里喷出来了！”

小野人们抓耳挠腮，考虑着接下来该怎么办。

“我们最好和他成为好朋友。”

“然后问问他，是否愿意跟我们回家。他可以待在洞穴门口，靠着火堆。”

“然后我们就可以和他挤在一起了，想挤多久就挤多久。”

“一整个冬天都挤在一起。”

“这样我们就有了世界上最棒的盖毯。”

“一条超级无敌大的冬季安眠盖毯。”

蜷成一团的长毛象并不反对这个邀请，他甚至感到有点儿高兴。

“只不过，你们不能又憋出什么坏主意！”

“噢，不会不会不会，”小野人们向他保证，“我们只是为了互相温暖。”

长毛象便从他的雪窝里爬了起来，把背上的雪抖干净。然后，他邀请四个小野人骑到自己的背上，载着他们回家去了。

洞穴门口，大人们把自己裹得鼓鼓囊囊，已经等候他们多时了。

他们眼看着一个大家伙朝这边走来，一个个诧异地把眼睛越瞪越大。

“这……这是……”

“神圣的庞然大物啊！”

“你们能向我们透露一下吗，为什么会有长毛象在这儿？”

“确切地说，这并不是长毛象。”个子最小的那个小野人说，“这是我们全新的四脚毛绒盖毯。”

“没错！”其他小野人纷纷附和道。

“还装着一根暖气管！”

“我们现在就和他睡在一起！”

“整个冬天都这样！”

“紧紧靠着他……”

“我们已经得到了他的特别准许，是不是？”

这条四脚毛绒盖毯友好地点了点头。

大人们又低声交头接耳了一阵。

“这种事本来是不允许的，这里毕竟是私人洞穴，不是什么动物收容所！不过呢，和别人比起来，我们总是很宽容的父母……”

于是，长毛象就这样躺在了洞穴的大门口，一旁的篝火烧得旺旺的。小野人们舒舒服服地爬进了他的毛皮里。

他们渐渐地暖和了起来，一个接着一个沉入了甜蜜的梦乡。

“啊，困了……”

“睡个好觉……”

“你也是，长毛象……”

“你的身子就像一张水床……”

“咕噜……咕噜……”

“呼呼……呼呼……”